夜の中の家族

詩集

万亀佳子

22世紀アート

目次

詩集　夜の中の家族

I

だんご虫

この上にひとつ家族がいる
丸く丸くなって転がっている小さな虫ほどの

小春日和の公園
ダンボールハウスの男が
拾い集めた古紙の中から抜き出した雑誌を
読んでいる
ハイチで地球のかさぶたが少し剝げた

昔　男の街でも地球に小さな引っかき傷ができた*
男は修復できないでいる自分を
雑誌の上に押しつぶした

雑誌の下で落ち葉が砕ける
這い出してきただんご虫を指先で転がして
いつか無心になっていた

よちよち歩きの子が転げた毬を追ってきた
男は幼子の掌に
ピンセットでつまんだほどの地球
を　のせてやる

＊阪神淡路大震災

石かぼちゃ

踏み切りのそばに住んでいた
かんかん　かんかん　かんかん

いつも不機嫌な父とおどおどした母
言葉を覚えない妹がいて
家の中にはいつも遮断機がおりていた

線路脇の空き地にかぼちゃを育てていた
かぼちゃのつるは夜の間に
枕木のあたりまで伸びていく
死にに行く父の足に巻きついて

明日食べる実を轢かれないために
かぼちゃのつるを返さなければならない
始発列車の通る前に

半分死んだ母がぶら下がって
重いつるを
引っ張ってくるのが私の仕事だった

石のように硬い踏み切りかぼちゃに
かんかん　かんかんかん　かんかんかん

ひがな一日鳴っている開かずの踏み切り
レールを跨いで
妹だけが私に馴染んでいた

机

下町の古道具屋で一葉の机を見つけてきた
記念館に展示してあるのに
本物のはずがなかろうというと
店の男はあっちが展示用のレプリカだとすましている
背の低い一葉らしく小ぶりな文机だ
見覚えのある墨の痕がある

小さな文机に頬杖をついて
妹は終日うつらうつらしている
小説が書けなくなったころから
妹は眠りたい病に罹った
仕事が立て込んでくると

暗い夢の中に仕事を持ち込んでしまう
何日も食事もしないで
吉原界隈を嗅ぎまわっているらしい
昨日妹を捜して
ナイフを持った黒服がやってきた
遊女を一人
修辞の荒野へタイムスリップさせたのだ
次に妹が目覚めるときは
世界が終わっているかもしれない

妹が一葉と同じなのは
貧乏だということだけなのに
マネージャー気取りで私は
妹に仕事をあてがっては
　売り込み先をかぎまわっている

見送り

「貧すれば鈍する言うてねえ、近ごろは目もよう見えんです……」
一葉さんは膝に手を当てて何度も頭を下げた
「百円と一円もよう分からんけえ、取ってください」
と小銭ばかりのがま口を開けた
生地は擦り切れて柄もさだかには見えない
「お米は後で持っていってあげるから、帰っといて。お金はこんど
でいいよ」
昔、名門の女学校を出た一葉さんは汚れた運動靴を引きずって
腰をかがめながら帰っていった

朝まで誰も来ない
電話もかかってこない　厚いコンクリートの地下室に

電波は届かない
枕もとの＊『よもぎふにつ記』をめくってみる
　かけじとおもへど、實に貧は諸道の妨げなりけり。すでに今年も
　師走の廿四日になりぬ。……餅は何としてつくべき。家賃は何と
　せん
いま、本を読んでいる暇はないのだと
短くなった蠟燭を取り替える
ひとりが息苦しくなって
布団をめくるとドライアイスをくるんだ白布しかなかった
密室みたいなこの部屋からどうやって抜け出したのだろう

一葉を抱いている
何度も血を吐いて、体の中は空っぽのはずなのに
まだ時どき水を吐く
皮膚が透きとおって胃の中が見える

赤いさくらんぼが回っている
一葉は本当に小食だった
早く大きな病院へ連れて行かなければ
彼女……

壁に架けられた三枚の絵が僅かずつ傾いている
一葉さんにはあれから会わない

＊樋口一葉の日記

二階へ

土蔵の二階へ妹が上がっていく
足の悪い妹ははしご段につかまるように
かたんぺた　かたんぺた

ふくれたポケットは秘密で重い
高い窓から満開の田植え桜が見える
こっそり
ポケットをひっくり返したり
ポシェットを裏返したり
古壺の中へ土を貯めている
私たちが実家に戻ったとき
蔵の中身はあらかた売りつくされていて

ひびの入った備前の壺に
妹は落花生を埋めていく

二階から蹴落とされて痛めた足を
さらに痛めつけるようにして
二階へ向かわせるもの

おまえは三文の値打ちだと
父の本音を聞いたような気がする
唇の赤い女の顔をして戦争が終わったころのことだ
地上に咲いた花が土にもぐって結実するように

あの落花生から私たちの報復と再生は
始まった

ねじりばな

谷あいの集落を抜けて奥へ奥へ
妹のところ
樫もクヌギも区別はつかない私の絵地図の中
伝説のような謎の動物にも遭遇する
緑が深い

人にも車にも遭わないが
道だけは舗装されて続いている
妹のところ
手入れされた植物のように妹はそこに在る
無期限にただ生かされているステージ

前庭の芝生の中にねじりばなを見つけた
小さなピンクの序列
まっすぐ捩れている
動けないからといって
帰れないからといって

涙ぐんだ顔が苦手で
白いやわな頰をぴたぴたぶって
帰った

かりん

仕事机の上にかりんが一つ
夜になると香りが増して
横隔膜のあたりがくらくらする
芳香は過ぎると
人を退廃的な気分にさせるものだ

今夜中に仕上げる約束の着物は仮縫いのまま
仕事をする気はとうに失せている
赤い花柄の針箱に
糸や鋏を乱暴に突っ込んで
雑然と積み上げられた書類をよせ
トランプ占いをはじめる

気に入った卦が出るまで何度でも
カードを並べ替える

占うのは妹の病気
カードに張り付いているのは
主治医への不信感
妹は知りすぎていて
実は本当に大事なことには気付いていない

のどが楽になるよ
カードを並べながら
架空の投資話などを持ち出す
夜の間に嘘がうまくなる
かりん酒の熟成はゆっくりすすむ

執刀医は体のなかにメスをおき忘れ
私は待ち針を一本袂へ縫いこんでしまう

菊日和

菊見に行こう
唐突に妹が言い出した
まだ早いと言うのに
ひまわりの重い頭をぐるりとねじって
暦をめくる

古びた百姓家の庭に連れ出される
妹はいつも強引だ
色とりどりに咲く小菊の群れを演出する
お母ちゃんが植えた株
お父ちゃんが丹精した大輪の鉢
声高に喋りながら

菊の間を引き回す
きれいでしょう
懐かしいでしょう
と言われ　なぜか怯んでしまう
ねじりきられたひまわりの首に
私の首がすげ替えられている

鳥

ていねいに音をおさめる
調理人が刃物をおさめる時の手つきで
息をととのえる
余韻をのこして　世界は順接

林の中では
長雨の季節を先取りしてひな鳥が巣立ち
妹が咳をしている
医者嫌いの妹
は　もう永いこと何も口にしていない
林を出ようともしない

妹はひたすら
聴いたことのない音域に殉じるらしい
鳥が　　　なく

秋茄子

どうしても煮えない部分がある
不幸の種が寄り集まってしこりのようなもの
茄子紺の着物を着た妹は
すっと背筋を伸ばして
家を出て行った

夜通し恋猫が鳴いている
茄子のつるに瓜を生らせる営みを
猫だったかもしれない前世は
いつだって辛い
茄子の花と親の小言に外れはないと
昔の人の言葉に包丁を当てながら

妹の言い分も切り刻む

秋茄子

荷物

父が死んで母が荷物をかたづけた
父の荷物はただの荷物になった
母が死んで妹が荷物をかたづけた
母の荷物はただの荷物になって
父の荷物の上にのった
ただの荷物は食事をしない
排泄も入浴もしないから私の用事がなくなった
私は安心して勤めに出た
ただの荷物がふさいだ部屋を妹が封印した

私の勤めた先は整理屋だった
借金の整理から三角関係のもつれ、隣近所の諍いまで

何でも整理する便利な会社だ
削除キーを押すだけですむこともあれば
何日もつきっきりで
画面を立ち上げなければならないこともある
会社を整理する仕事は社長がやった
会社が人を整理することはこのごろ日常茶飯事になった

妹は毎晩封印を確かめにやってくる
真夜中ただの荷物は勝手に増殖するらしいが
その現場を見ることはできない
ただ酷くがたがたした音が家中を揺するのだ
私に分かることといえば
そのとき夫がベッドにいないということだけだ
私をかたづけたかったのは、妹だったか
夫だったか

私は整理屋の仕事に精出した
私の荷物をかたづける資金を貯めなければいけなかった

虫めがね

クリスマスの街にあふれる赤
底上げの単純な季節のありふれた色
野球選手のあきれるような契約金額が飛び交う
高級車が走り
貧乏人はどこにいるかという賑わいの交差点で
ティッシュ配りをしていると
ここ　ここ　と
虫めがねの底で妹が手招きしている
見えないものを無理して見ようとすることはないと
目をつぶって知らん振りをきめこむ
向きの定まらないビル風にあおられて
足元から冷えてくる

差し出したティッシュに見向きもしないで
足早に行き過ぎる人群れに
私は存在していない

風の隙間を縫って
ばらばらになった妹が飛び交う
手が足が声が目が耳がくちびるが
貧しいクリスマスの雑踏
ハッピーホリデー
はっぴー　はっぴー　クリスマス
虫めがねで
薄い太陽の熱を集めて

逆さ水

嘘を作り出すことに疲れている

洗濯機が壊れそうな音を立て始めた
きいーきいー
いのししのなくような音に
洗面所がふるえる
水に熱い湯を足してゆくと
どこかで折り合いがつくところがありはしないか
帰ってこなかった妹のことは
しし撃ちに行ったままで
春が来ようとしている

洗濯機が普段の運転音にもどった
ぐっしょり濡れた嘘の皮が
シャツと回転している

ガラスの靴

妹に履かせる

蠟梅の匂い立つ朝
霜柱を踏む音に心臓が喜ぶ
霜をかぶって地面にへたりこんでいる大根や白菜
小さな足跡がずっと藪の向こうから続いている
夕べ、十二時過ぎて妹は帰ってきた

私のめがねは丸いものがみな楕円に見える
夜中にかかってきた妹の恋人の電話は取り次がない
蠟梅の花弁はますます薄く
ガラス質になっていく

ガラスの靴は妹の足にぴったり合った
一分のすきもないガラスの靴は
決して
足の動きに添うことはなかったから
幸せな表情のまま
何世紀も妹は立ち尽くしている

Ⅱ

おいてきた半分

父が華北自動車の社員で、私は北京に生まれました
花嫁探しに日本へ帰ってきた父と、あわただしく海を渡った母
北京に二年、天津に転勤になって、そこで弟が生まれました
引き揚げ船を待つ収容所で弟は死にました
一歳半、寒い日だったそうです
横なぐりの雪が吹きつけます、大地は凍りついています
一日じゅうかかって、父と母は弟を埋める穴を掘りました
一尺ほどの穴しか掘れなかったそうです
私は体の半分をおいて帰ってきました

曲淑清さん
一歳半のあなたは

一九四五年八月、東安省林口県亞河郷の道端で保護されました
白いベビー服を着て、そばに布一反が置いてあったとか
紺地に白い花柄の布をあなたはまとったのでしょうか
夏の太陽が照りつけて、あなたは名前と素性をなくしていました
写真のあなたは私と同じくらい老けて頼りなげです
誰の子どもで、どこが郷里か分からないのが寂しい
というあなたは、私の妹

王義財さん
一九四五年八月、八歳のあなたは覚えています
三江省方正県砲台山の日本軍駐留跡地
母と四人の姉、二人の弟、そしてあなたに
父が銃口を向け、日本刀で切りつけたのを
血まみれのあなたは
悲鳴を聞く耳を、助けを求める声を失いました

口のきけなくなったあなたは、私の兄さん
胸を開いて銃弾の傷を見せてください
私はあなたに抱きついて、その首に残る刀傷にくちづけします

私と曲淑清と王義財
別々の空の下でつながっている兄妹です

音

草原に麦藁帽子がころがっている
いつからか
時を数えるものはない
長い間の陽ざしにすっかり色あせて
かつて　帽子の下に大きな耳をした顔があった
乾いた銃の音を聞いたその耳はどこへいったのか
兵士ではない　ゲリラではない
黙ってやせた畑を耕していたその男の耳は
ぱらぱらと
大粒の雨のようにその音を

癖

グラジオラスの白い花弁
小刻みなフリルが幾重にも耳をそばだて
不眠の夜を陵駕する
そんな時だ
戦車の下に組み敷かれる兵士たちの
白い襟すじが一途に
花は下から順に萎れて右へ右へ傾いていく
政治は傷んでいく季節を
ひっそりと準備する癖がある

海──記憶

浮き身で、海と空の接線をただよう
かかしの形を、心地よく波がもてあそんで
内臓まで透ける魚になった男が、背中をかじりに来る
くすぐったいよう、思わず体に力がはいって
そのとたんに沈んでしまいそうになる
手足をばたつかせてようやく平衡をとると
魚男と向かい合う

久しぶりね
うん、どうしてた
ずっと君が好きだったなんて言葉、期待してないけど
悪くないね、海底で寝てばかりじゃ退屈だ

開かないはずのハッチだって五十年六十年経てば時効さ
魚潰鳥散、一途な者ほど置いてきぼりが歴史だ

きのう防波堤の突端から飛び降りたの
一本のラムネビンになって真っ直ぐ海底に突き刺さったわ
耳のそばを新幹線みたいな轟音がかけぬけて
魚雷の水しぶきはそんなもんじゃないさ
パールハーバー当たってるらしいな
全身気泡になっても
目だけは開けとけ

いつのまにか、潮に流されている
浜のあたりが白っぽい線に見えるばかりだ
犬掻きでどこまでいけるだろうか
カモメのくちばしがきらっと光って、かすめて行った

獲物を見逃さない眼だ

泣く

どしゃぶりの雨だった
どうしようもなく暗い心の人の
雨合羽が吊り下げられている
乾いた三和土に雨のしずくが溜まっていく
電話が鳴る
昨日もおとといもひっそりと
せめてすすり泣きの声でも入っていれば
気付いてあげられたかもしれないと
人はいう

あなたのせいじゃないから
殴って泣かせる子どもが来たら

先に泣いて待っていなさい
三つ殴られてから泣くより
一つ殴られただけですみます

殴って脅かす大人が来たら
泣いていたら殺されてしまいます
どしゃぶりの中でも
雨合羽を捨てて出て行きなさい
どうしようもない寂しい人の世界へ

眼を洗う

水の中で見たものは黙っておこう
そう決めた
プールからあがって
ずらっと並んだ洗眼用の蛇口
かがみこんで
水に眼球を晒しながら

そやつは
水しぶきを立てて追い越していったライバルの足を
引っ張っていたではないか
そやつは
足の引きつった子どもの溺れるのを

見過ごそうとしていたではないか
そやつは
黙々と水の中を歩く人の足裏を揶揄するように
くすぐっていたではないか
そやつは
生まれては消え
消えては生まれる水泡のなかで
息をひそめて窺っていたではないか

水の中で見たものは黙っておこう
そこに私が居たと
洗っても洗っても目玉が赤いのは
塩素のせいなのだから

五月

登り電車が出たばかり
日陰のベンチから向かいのプラットホームに目をやる
陽差しが白い
線路の真ん中に鉄道草が二本
五月の顔をして生えている
枕木の間に落ちた種は石の隙間をくぐって
考えもなく茎を伸ばしたに違いない
三十分おきに頭の上を電車が走り抜ける

むかし　鉄道草を食べて生きた人もある
　あれは不味い　食えんかった
学校から　あれを摘みに行かされたことも

それぞれの行き先を持って人が集まり
それぞれの行き先に人が散っていく
プラットホームのすぐ先に
キャタピラの前の民草のように
二本　立っている

海田駅

構内一番ホーム
一本の桜の木がある
煤けた駅舎をからかうように
五月の葉群を噴き上げている

ご存知ですか
毎年テレビや新聞が取材に来て、この写真を撮っていくのを
春まだ浅いころに咲く寒桜です

ここで上り線は山陽本線と呉線に分かれる
山陽線が延びてきたのは一八……年、日清戦争の時
呉線が出来たのは一九……年、日露戦争の時

昔は貴賓室があって、乃木大将なんかも降りたそうです
子どもの頃、お茶を運んだという九十過ぎのお婆さんが
生きています
戦前は駅弁もあって、呉や広島の軍隊に面会に行く家族が
牡蠣飯や〇〇饅頭を買っていきました

桜、きれいですよ
来年見に来てください
花はいっぱい戦争見ていますから

Ⅲ

セールスマン

たかはしのたかは*梯子だかですと
髙橋君が言った
刷りたての名刺を示して
頬が赤らんでいる

新人の髙橋君は商品説明の代わりに
自分を営業して歩かなければいけない
売るもののいかがわしさより
説明しようのない自分に足がすくんでいる
高い梯子の上で
にっちもさっちもいかなくなった口上を
もごもご反芻して

髙橋君が売りに来たものといったら
子どものころ飼っていたプードルだとか
かわいそうな小公女の本だとか
人魚の赤い蠟燭だとか
年寄り相手のアイテムばかり

と思ったら
二階へ追いやった人の
梯子をひそかに外したりもするらしい

＊梯子だか　高の俗字、〈髙〉

背景

あの方の
ように
は
一人屹立している
犬のように、猫のように言葉に依存してはいない
私たちの比喩のように隷属してはいない
神様に許された詩人の在り方で
ように
が哲学している

きのう私は遠いところを歩いていた
妹の絵本から摺り取ってきた青色の背景を

ぶるんぶるん
腕を振り回しながら
幸福のような顔をして帰ってくると
あの方が
顔を上げていくチベット僧の後に
何の修辞もない食事をしているのだった

十二月

石を磨く人もあるのだ
宝石でもない
墓石でもない
川原で拾ってきたただの石を
磨く
その人の節くれた曲がった手は
何か激しいものを絞め殺した手だ

川原は水切りの季節で
幾つもの石が水面を跳ねて飛んでいく
柔らかな子どもの手が
平べったい石にくっついて飛んでいったのを

その人は拾ってきたのだ
ことば狩りの時間も
川原には堆積していて
その人は凍えそうな手で
水垢を落さなければならなかった

磨ききれない石も
鮎の食み痕のついた石も一緒くたにして
つれあいが
僅かなたずきに持ち出す

そうやってその人の
十二月は過ぎていく

斎場にて

メダカの夢を見ていた
眠くて眠くてしかたがない
ほら孵るよ、よく見ていて、今、頭が出てくるから
尻尾が出てくるから……
耳のうしろでしきりにメダカが囁くのだ
根負けして重たいまぶたを押し上げるように
水槽を見ていると
細い糸くずのようなものが揺れている
針の先で突いたほどの黒い点が頭だろうか
わかったからもういいだろうと口の中で呟いて
目を閉じたところで
すとんとまた眠りに落ちた

誰かが執拗に体をつついている
裏返したり抱え上げたり
アルコール綿の冷やっこい感触が気持ちよくて
薄目をあけて見ていたら
まぶたを押さえつけられてしまった
見せられないものがあるらしい

……故人は昔気質のたいへん頑固な性格で……
故人は……こじんは……古人は……個人は……

婿の声を濁った意識で変換していきながら
夢の続きへ戻ろうとする
生まれ孵ったばかりのメダカだ
上から見下ろすと水底に影が写っている

その薄い影に寂しさがしんと透いてくる

扉の向こうでは
燃えるメダカを暴走族の爆音がゆっくり
と、轢き逃げていく

夏

夏の海に辿りつくのは容易ではない

目覚めたとき
初めて見たものは白い砂だった
初めて感じたのは背中にあたる莫蓙の刺激だった
捨て子だった私は雛鳥のように
初めて見た砂を親だと思った
寝かされた位置から見る地面は
どこまでも緩やかな砂の起伏が続いていた

海沿いだったはずの村は
埋立地の奥に後退して

字面だけの湊が残っている
出自の海がそこだと気づかないふりをして
ゴミや残土の上に生きているが
ときおり蜃気楼のように
波打ち際に揃えて置かれた赤い鼻緒の
わら草履が見えてくる

どこまでも平坦な埋立地を
一直線にはしる車道
その先に堤防の行き止まりがある
捨てざるをえなかった夢のように
赤ん坊を抱いて
私は立ち往生している
夏は幾度もきたというのに
やけたコンクリートの堤防に寝かされた赤ん坊は

干からびて
親の海には辿りつけそうもない

分業

とても大切なものを忘れた
それは確かなことなのだが
それが何だったのか

一匹のシシャモがある
卵の詰まった腹を夫が食べる
残った背の部分を頭から尻尾まで私が食べる
大きく口を開けて消化管の奥までのぞきこむ
舌の先で優しい分業を確かめる

夜はまた試験なのだ
英文のプリントが二枚

何の指示もないが
きっちり訳さなければ帰れないらしい
私は
一行だって訳せない
答案は裏返して
夫の名前の後ろに小さく私の署名をする
舌をだして夫の背に隠れる
苦い分業がある

もっと大切なもの
それが
思い出せない

母

火焚きばあさんになる
夕方くずかご火箸を持って畑に出る
紙くずから木切れ、枯葉や雑草へと
火を移し移しして今日の
痛みをやり過ごす

痛い痛い痛い痛ーい母が
風の道を来る
腰の痛い母、足の痛ーい母
風の通り
多喜二*の母も来る
胸がつぶれるように痛ーい母

煙の匂いがしみついている火焚きばあさん
木切れもごみも
燻ぶり続け
いぶした痛みの匂いは
天の物干しへ広げた多喜二の上掛けにも

二つ折りになった体をようやく伸ばして
空を摑もうとする火焚きばあさん
焼け跡には
赤い花びらをいっぱい開いて
あっけらかんとダリヤ
大きく盛り上がった花芯を
隠そうともしないで

＊小林多喜二

点滅

家族をおそった突然の不幸について
私の為しうることは何もなかった
私には後ろ盾になってくれる有能な係累も人脈もなかった
役人を買収しようにも家財一切没収されて一文無し
幽閉された父と妹の消息はとんと分からなかった

接収された屋敷の周りには電飾コードがめぐらされ
きらびやかな光の点滅する中
酔っ払いの怒声と女たちの嬌声が天に届くほどだった
かつての静謐な居城は　猥雑な不夜城と化した
あの日　屋敷の奥で何が起こったのか
どんなはかりごとがめぐらされたのか

私はひとり
城壁の外にいた

四半世紀の後
私は日干し煉瓦の城壁に埋め込まれた一本の蛍光管である
点滅する寿命のきた蛍光管
体中から気が抜けて心が点滅する
なぜ一息に止まってしまわないのか
点滅は人を不安にする
怒りっぽくさせる
それが私の復讐なのだ

林

三日経っても四日経っても
母は帰ってこなかった
五日目、父が町へ捜しに行った
兄も村へ捜しに行った
父は空のリュックサックを持って帰ってきた
兄はちびた下駄を見つけてきた
母は林へ入っていったのだと
父と兄は説明した
そこへ入ったものは誰一人帰ってきたものはいない
のだと
私は
母を連れ戻しに林へ入った

入り口さえ見つければ林へ入ることはたやすい
枝や下草が絡みついて何度も転んだが
転がり落ちた先には
けものみちがあった
道に迷った時はトランプのカードを引いた
ハートなら右、スペードなら左
ダイヤは上、クローバは下
兎か狐か、小さな者の足跡が私をみちびいた

三日三晩歩いて頂上に出た
緑色の地面に黄色い花が咲き乱れていた

青い星が散らばっていた
それらはブロックのように角張った表情をしていた
花弁の一つずつ、葉っぱの一つずつに

ハローページと黒い刻印があった
おびただしい数のピースが電話帳で
ピースの一つずつにおびただしい数の人が整列して
林は出来ていた
母が入り込んだ林が

風

一面の薄野が原をなで上げて
白く風がわたっていく
日の翳り始めた登山道
丸太を横にした階段が山頂へ向けて
律儀に続いている
足元だけを見つめ
間隔のあいた不規則な一段一段を登っていく
深い谷底へなだれ込む右側の景色は右の目から消え
渦巻く音を
左手にあったリフトの鉄柱は左目から消え
照り返しの光を
踏んできた階段は踵の下から消え

きのうの続きを
失う

無心に今の時間だけを登っていく
突然ひらける針の山
焼き払われた木々の根株は
地獄に生えた真っ黒い竹の子のように
私の足裏から伸びてくる
鋭く尖って痛い
その根元に鍬を打ち込んで
黙々と掘り起こしていく人がいる
父よ
汗が吹き出し手に肉刺ができる
それでもひたすら掘る
そうやって父は

できるだけ深くに自分を埋葬するのだ
西の山に陽を追い落として
風が冷たくなった

ここ

まだ遠い先のこと
私は生まれ変わって
あなたと入れ代わって
ここに坐っている
曲がった背中に昨日の赤ん坊を背負って
破れた古着を繕っている媼が
そのまま仏であるように

まだ遠い先のこと
私は生まれ変わって
あなたと入れ代わって
ここに立っている

片足失った兵士が銃剣に倚りかかって
死守していたところ
蔦かずらが締め木のように巻きついた千年杉のように

まだ遠い先のこと
私は死に変わって
あなたと入れ代わって
ここを歩いている
天と地がひっくり返って
手ごたえのないふわふわしたものの上を
突き破れない頭上の暗く硬い層に押し潰されるように

あとがき

第一詩集から二十年近く経ってしまいました。ものぐさで、優柔不断の私に「あまりお婆さんにならないうちに、詩集を出しなさい」と背中を押してくださったのが、小柳玲子さんです。

二十年といえば、生まれた子どもが成人して親になるほどの時間、その間私の詩はほとんどネグレクトされた状態でした。十分に育たなかった詩の子どもたちは、いま私を悩ませている“ばね指”になって、言葉をつっかえさせ、ばねのように跳ね返って痛みます。

このたび詩集をまとめることが出来ましたのは、偏に小柳玲子さんのお陰です。心からお礼申し上げます。

また、長年ご指導頂いた松尾静明先生、お世話になった花神社の大久保憲一氏にも感謝申し上げます。

二〇一〇年四月

万亀　佳子

著者略歴

万亀佳子（まき・よしこ）

１９４３年　中国北京市に生まれる
１９９４年　詩集『こんな犬　知りませんか』（ミモザ書房）
２０１０年　詩集『夜の中の家族』（花神社）第22回富田砕花賞
２０２０年　詩集『青葉の笛』（三宝社）

夜の中の家族　詩集

2024年5月31日発行　　著　者　万亀佳子
発行者　向田翔一

発行所　株式会社22世紀アート
〒103-0007
東京都中央区日本橋浜町3-23-1-5F
電話　03-5941-9774
Email: info@22art.net　ホームページ：www.22art.net

発売元　株式会社日興企画
〒104-0032
東京都中央区八丁堀4-11-10 第2SSビル 6F
電話　03-6262-8127
Email: support@nikko-kikaku.com
ホームページ：https://nikko-kikaku.com/

印刷
製本　株式会社PUBFUN

ISBN：978-4-88877-289-1